P
O
H
ピクニックに
いいところ
ルーがあそぶ
すなば
うち
ウサギの
うち
プークマの
うち
六本マツ
ゾゾをとる
プーしき おとしあな
コブタの
うち
モモンガーが
いなかったところ
おおみずの
でるところ
ぼく と シェパード

イーヨーの あたらしいうち

A. A. ミルン ぶん　E. H. シェパード え
石井桃子 やく

岩 波 書 店

ある日、クマのプーは、なにもすることがなかったので、なにかしようとおもいました。そこで、コブタは、どんなことをしてるか、見てこようとおもって、コブタの家へでかけました。

プーが、白い山道をパタンパタンとふんででかけたころは、まだ雪がふっていましたから、きっとコブタは、炉ばたで足のさきをあたためていることだろう、と、プーはかんがえたのです。ところが、どうでしょう、コブタの家の玄関は、あけっぱなしになっていて、のぞいても、のぞいても、コブタはいませんでした。

「でかけてるんだ。」プーは、がっかりしていいました。「そうなんだ。いないんだよ。すると、ぼく、かんがえごとの散歩、ひとりでやらなくちゃやならないんだな。いやんなっちゃう！」

それでも、まず、プーは、念のために、ドンドン、戸をたたいてみることにして……そうやって、コブタの返事のないのをまつあいだ、からだがあたたかくなるように、とんだりはねたりしました。すると、きゅうに、歌がひとつ、頭にうかんだのです。「元気にひとにきかす歌」とでもいいたいような、いい歌（うた）が。

雪（ゆき）やこんこん
　　　ポコポン
あられやこんこん
　　　ポコポン
ふればふるほど
　　　ポコポン
ゆきゃふりつもる
　　　ポコポン
それでもぼくの
　　　ポコポン

それでもぼくの
　　ポコポン
つめたい、この足
　　ポコポン
ああ、だれが知ろ
　　ポコポン

「だから、ぼくはどうするかっていえばだ。」と、プーはいいました。「ぼくは、こうするんだ。まず家へかえって、いまなん時だか見る。それからえりまきでもひっかけて、イーヨーのところへでかけて、この歌、うたってやるんだ。」

プーは、いそいで家にかえりました。そして、イーヨーにきかせようという、その歌のことを、道みち、あまり夢中でかんがえながらいったものですから、とつぜん、目のまえに、じぶんのいちばん上等のいすにこしかけこんでいるコブタを発見したときには、とてもびっくりしました。そして、頭をかきながら、いったい、ここは、だれの家なんだろうなとかんがえてしまったのです。

「やア、こんちは。」

と、プーはいいました。「きみ、でかけてるのかとおもったよ。」

「ちがうよ、プー。」と、コブタはいいました。「でかけてたのは、きみさ。」

「そうだった。」と、プーはいいました。「どっちかひとり

でかけてるとは、おもってたんだ。」
それから、プーは、何週間かまえから、十一時五分まえで
とまっている時計を見あげると、うれしそうにいいました。
「もうかれこれ十一時だ。きみ、ちょうどうまく、なんか
ちょっとひと口つまむ時間にきたんだよ。」
それから、プーは、茶だんすへ頭をつっこむと、
「そして、それがすんだらね、ふたりでイーヨーのところ
へいって、ぼくの歌をうたってやろうよ。」
「プー、どの歌？」
「イーヨーにうたってやる歌さ。」と、プーは説明しました。
さて、それから三十分ほどして、プーとコブタがでかけた
ときも、時計は、まだ十一時五分まえをさしていました。風

はやみ、雪もじぶんを追いかけて、ぐるぐるまわるのにあきてしまって、いまはしずかにそのおちつき場所へとまいおりていました。

ところが、そのおちつき場所というのが、ときによると、プーの鼻の上であったり、またときによると、そうでなかったりしたものですから、しばらくするうち、コブタの首のまわりには、白いえりまきがまかれ、耳のうしろは、これまでなかったほど、雪ぶかくなってしまったのです。

「プー。」と、コブタはとうとう、少しおずおずしながらいいだしました。まいいりかけてるんだと、プーにおもわれたくなかったからですね。「ぼく、ちょっと、こうしたらどうかとおもったんだ。つまりね、いまは家へかえって、きみの歌をれんしゅうして、それから、あした――か、でなきゃ、あさって、イーヨーに会ったとき、それ、うたってやっちゃ、どんなもんだろ?」

「そりゃ、コブタ、とてもいいかんがえだな。」と、プーはいいました。

「じゃ、いま歩きながら、れんしゅうしようよ。だけど、れんしゅうしに家にかえるなんて、つまらないよ。だって、これは、とくに雪のなかでうたう『外あるきの歌』なんだもの。」

「きみ、ほんとに?」コブタは、心配そうにききました。

「まあ、コブタ、きいててごらんよ。そうすりゃ、わかるから。なぜって、こういうふうにはじまるんだよ。『雪やこ

んこん、ポコポン――』」

「ポコなに？」

「ポンだよ。ぼく、調子がいいようにつけたんだよ。『あられやこんこん、ポコポン、ふれば――』」

「きみ、雪やっていわなかった？」

「ああ。だけど、それはまえさ。」

「ポコポンのまえ？」

「べつのポコポンだよ。」と、プーは、少しこんぐらかってしまいました。「ちゃんとうたってあげるよね。そうすれば、わかるから。」

そして、プーは、もういちど、その歌をうたいました。

雪（ゆき）やこん
こん　ポコポン
あられやこん
こん　ポコポン
ふればふる
ほど　ポコポン
ゆきやふりつ
もる　ポコポン
それでも　ぼ
くの　ポコポン
それでも　ぼ
くの　ポコポン

つめたい　こ
　の足　ポコポン
ああ　だれが
　知ろ　ポコポン

　プーは、こういうふうにうたいました。というのは、つまり、これがこの歌の、いちばんいいうたいかただったからです。

　そして、さてうたい終わると、「じぶんがいままできいた、雪の日にうたう、『外あるきの歌』のうちでも、これがいちばんだ。」と、コブタのいってくれるのをまちました。ところが、コブタは、よくよくそのことをかんがえたあげくに、

おもおもしい調子でいうことには、
「プー、つめたいのは、足よりも、耳だよ！」

こんなことをいっているまに、もうふたりは、イーヨーのすんでいる「イーヨーのしめっ地」のすぐそばまでやってきていました。けれども、コブタの耳のうしろは、まだたいへん雪ぶかく、コブタは、その雪のふかさにつくづくあきてしまったので、ふたりは、小さいマツ林のほうへまがると、林の入り口になっている木戸の上へ腰をかけました。そこへはいれば、もう雪はふりかかってきません。けれども、寒さは、まだなかなかきびしかったので、ふたりはプーの歌を、ぶっつづけに六ど、うたいました。

もっとも、コブタのうたったのは、ポコポンのところだけ

で、あとのぶんはプーがうたい、そうして、ちゃんとしたきれめきれめで、ふたりいっしょに棒で木戸をたたいて、ひょうしをとるというようにやったのです。こうして、しばらくすると、ふたりは、ずっとあたたかくなって、また話ができるようになりました。

「ぼく、かんがえてたんだけど、」と、プーはいいました。「こういうことかんがえてたんだ。ぼくね、イーヨーのこと、かんがえてたんだよ。」

「イーヨーがどうしたの?」

「だって、ほら、かわいそうに、イーヨーはすむとこがないじゃないか。」

「ないよ。」と、コブタがいいました。

「コブタ、きみは、家があるだろ？　ぼくだって、家はもってる。そしてどっちもとてもいい家だよ。それからクリストファー・ロビンだって家もってるし、フクロだって、カンガだって、ウサギだって、みんな家をもってるんだ。ウサギの親類だって、みんな、家かなんかしらもってるよ。それなのに、イーヨーには、なんにもないんだぜ。だからさ、ぼくがかんがえたのは、イーヨーに家をたててやろうじゃないかってことなんだ。」

「そりゃ、」と、コブタがいいました。「すばらしいかんがえだ。どこへたてる？」

「ここへたてようよ。風のこない、このマツ林のわきにさ。だって、ぼく、ここでその家のことかんがえついたんだもの。

それから、ここのところ、プー横丁って名まえにしようよ。そして、ぼくたち、イーヨーのプー横丁に、木でもってイーヨーの家をたてようよ。」

「このマツ林のむこうがわに、棒が山もりあるよ。」と、コブタはいいました。「ぼく見たんだ。うんとこさとあるんだ、つみあげて。」

「コブタ、ありがとう。きみがいまいったことは、ぼくたちにとても役にたつことだね。ぼく、『プー横丁』のほうが、いい名じゃなければ、ここんとこ、『プーとコブタ横丁』ってしてもいいんだけど、プー横丁のほうが、小さくて横丁らしいから、そのほうがいいんだよ。さ、いこう。」

そこで、ふたりは木戸からおりると、棒をとりに、林のむ

こうがわへでかけました。

クリストファー・ロビンは、その朝（あさ）、アフリカへいったりきたりして、あそんでいました。ところが、ちょうど船（ふね）からおりて、外（そと）のようすはどんなかなとおもっていると、やってきたのが、ほかでもない、イーヨーでした。

「やア、こんちは、イーヨー。」と、いいながら、クリストファー・ロビンは、戸（と）をあけて外（そと）へでました。

「きみ、どうしてるの？」

「まだ、雪はふっとります。」イーヨーが、しめっぽい調子でいいました。

「ああ、ふってるね。」

「それに、こおっとります。」

「そう？」

「そうですとも、」と、イーヨーはいいました。

それから、「しかしながら、」と、いって、ちょっとほがらかになると、「さいきん、地震はありませんでしたな。」

「イーヨー、どうしたのさ？」

「なんでもありませんわい、クリストファー・ロビン。たいしたことじゃありませんのさ。しかし、あんた、どこかで、

家のようなものを、お見かけではなかったかな？」

「どんなふうな家？」

「ただの家。」

「だれの家？」

「わしの家――と、わしはおもってましたが、たぶん、わしのまちがいでしたろ。つまるところ、だれもみな、家をもてるというものでもなしな。」

「だけど、ぼくは、ちっとも――ぼくは、いままで――」

「どういうわけか、わしにはわからんのですがな、クリストファー・ロビンさんや、つららやなんかのことはいわないとしても、雪なんてものがふりますとな、わしのすんどる方面は、あけがたの三時ごろにもなると、だれかさんたちのか

んがえるほど、暑くはありませんのさ。気もちのわるいほど、むし暑くはない——といっても、あんたにおわかりかな？　つまり、むんむんはしませんのさ。まったく、あんたとわしの、ごくごくのないしょの話が、寒いんですわい。」

「イーヨー！」

「わしは、そこで、こうかんがえましたんじゃや。『わしが、しんまで冷えこめば、やつらは、気のどくだったとおもうじやろ。やつらは、ひとりとして脳みそがない。まちがって、うす黒いみそかなんかつめこまれとる。それでかんがえるということをせんのだが、もしこれで、このさき六週間もふりつづけば、だれかひとりくらい、（イーヨーも、朝の三時ごろには、そう暑いというわけにはいかんだろ）と、いいだす。

と、それが、うわさでパッとひろまる。そこで、やつらははじめて、気のどくだなとおもうじゃろ。』とな。」

「ああ、イーヨー！」

クリストファー・ロビンは、もうだいぶ気のどくな気もちになっていました。

「あんたのことをいっとるんじゃないよ。あんたはべつじゃ、そこで、つまるところをいいますとな、わしは、わしの小さい森のわきに、家をたてましたのさ。」

「ほんとかい？　すてきじゃないか！」

「ところが、もっとすてきなことがおこった、ともうしますのはな。」と、イーヨーは、とてもしめっぽい声でいいました。「わしが、けさ、でかけるときにはあった家が、かえったらなかったんですわい。ふしぎでもなんでもない、そんなことはごくあたりまえ。たかが、イーヨーの家じゃありませんかときますかね。しかし、わしは、ちょっとどんなもんかとおもいましたのでな。」

けれども、クリストファー・ロビンは、どんなものかとかんがえこんだりなどしていませんでした。すぐに家へかけこむと、できるったけ早く防水帽をかぶり、防水長ぐつをはき、防水マントを着ていました。

「すぐにいって、その家をさがそう。」と、クリストファー・ロビンは、イーヨーにどなったのです。

すると、イーヨーは、

「ときによっては、ひとの家をすっかりぬすみ終えますと、一つ二つ、じぶんの気にいらんものがでてきよって、かえって、もとの持ち主がとりかえしてくれりゃいいがと、おもうようなこともありますもんじゃ――といっても、そのいみが、おわかりならばだが。で、わしはおもったんだが、ちょっとふたりでいってみたら――」

「さ、いこう。」とクリストファー・ロビンがいって、ふたりは、いそいででかけました。

そしてすぐ、ふたりは、マツ林のわきの原っぱのすみの、イーヨーの家がもうなくなっている場所までやってきました。

「そうれね。」と、イーヨーがいいました。

「棒きれ一本のこらず！　もちろん、雪は、これこのとおり、まだたくさんありますで、わしはこれで、すき勝手なことはできるが……ぐちをこぼしちゃ、もったいない。」

けれども、クリストファー・ロビンは、イーヨーのいうことをきいてはいなかったのです。クリストファー・ロビンは、なにかほかのことに耳をすましていました。

「ほら、きこえるだろ？」と、クリストファー・ロビンはいいました。

「なにが？　だれか笑ってますかな？」

「ほら、きいてごらんよ。」

そして、ふたりは、耳をすましました……すると、きこえてきたのは、『ふればふるほど、ゆきやふりつもる』と、ふしをつけていっている、ふとい声と、そのあいまあいまに、ポコポンをやっている、ほそい、キイキイ声でありました。

「プーだ！」と、クリストファー・ロビンは、いさみたっていいました。

「かもしれぬ。」と、イーヨーがいいました。「訓練した警察犬がほしいもんじゃ。」

歌の文句は、きゅうにかわりました。

「家ができたよ！」と、ふとい声がうたいました。

「ポコポン！」と、きいろい声がうたいました。

「りっぱな家だよ……」

「ポコポン……」

「ぼくのにしたいな……」

「ポコポン……」

「プー！」と、クリストファー・ロビンはどなりました……

木戸の上の歌い手は、とつぜん、歌をやめました。

「クリストファー・ロビンだ！」うれしそうにプーがいいました。

「ぼくたちが、棒をもってきたほうにいるんだ。」と、コブタがいいました。

「いこう。」と、プーがいいました。

ふたりは、のっていた木戸からおりて、いそいでマツ林の角をまわっていったのですが、そのあいだじゅう、プーののどからは、よろこばしそうな声がもれていました。

さて、クリストファー・ロビンをだいて、あいさつをすますと、プーは、

「なあんだ、イーヨー、ここにいたのか。」と、いいました。

そして、プーがコブタをつっつくと、コブタもプーをつっついて、それから、ふたりは、このおもいがけない贈り物を発見して、イーヨーがどんなによろこぶだろうとおもってしまったのです。

「ごきげんよう、イーヨー。」

プーがいいました。

すると、イーヨーは、

「おまえさんもごきげんよう。木ようびには、なおのこと。」

と、しめっぽい調子でいいました。

そこで、プーが「木ようびには、どうしてなおなの？」といいだすより早く、クリストファー・ロビンは、イーヨーの家がなくなったというかなしいできごとについて、話しはじめていました。プーとコブタは、じっとその話をきいていましたが、ふたりの目は、だんだん大きくなっていくように見えました。

「その家、どこにあったんです？」プーがききました。

「ここに。」と、イーヨーはいいました。

「棒でできてたんですか？」

「そうじゃ。」

「あれ！」と、コブタがいうと、

「なに?」と、イーヨーがいいました。

「ぼく、ただ『あれ!』っていったんです。」コブタは、ビクビク顔でいいました。それから、いかにも平気なふりをしようとして、さてなにしてあそぼうかなというように、ポコポンを一、二ど、小声でうたいました。

「きみ、それ、たしかに家だったんですね?」と、プーがいいました。「あの、つまりね、家は、たしかにここにあったんですね？」

「もちろん、たしかさ。」と、いってから、イーヨーは、口のなかでひとりごとのように、「ぜんぜん、頭のないやつもおるわい。」

「おい、どうしたのさ、プー。」と、クリストファー・ロビンがききました。

そこで、プーは、

「その……」といい……それから「じつは……」といい……それから「あの……」といい……それから「こういうわけなんです。」と、いいました。けれども、なぜか、どうもじぶんの説明はうまくいっていないという感じがしましたの

で、またコブタをつっつきました。

「こういうわけなんです。」コブタは早口にいいました……それから、ようくかんがえてから、「ずっとあったかいんです。」

「なにがあったかいって？」

「マツ林のあっちがわの、イーヨーの家のあるほうが。」

「わしの家？」と、イーヨーはいいました。「わしの家は、ここにあったんじゃ。」

「いいや、ちがう。」とコブタは、

きっぱりいいました。「あっちがわだ。」

「あっちがわのほうが、あったかいから。」と、プーがいいました。

「しかし、わしが、じぶんの……」

「いって、みたまえよ。」と、コブタは、かんたんにいうと、先に立って歩きだしました。

「家が、ふたつあるわけはないな、そんなにそばにくっついてさ。」と、プーはいいました。

そして、みんなで角をぐるっとまわっていってみると、そこに、とてもすみよさそうなイーヨーの家があったのです。

そこで、コブタが、

「そうらね。」というと、

「うちも外も、すっかりできあがってる。」と、とくいそうにプーがいいました。

イーヨーは、ずっとなかへ通り……そして、でてきました。

「ふしぎせんばん。」と、イーヨーはいいました。「わしの家じゃ。わしは、わしがたてたといったところに、たてたんじゃから、ここまで風にふきとばされてきたにちがいない。風が木の上をそっくり通りこして、ここにふきおとしたんじゃよ。しかも、ちっともこわさんで。そうじゃ、場所の点では、こちらのほうが、すぐれてる。」

「ずっとすぐれてる!」と、プーとコブタは口をそろえていいました。

「これを見ても、よくわかるぞ、ちょっと骨をおりさえす

れば、どんなことができるか。わかったかな、プーさんや。わかったかな、コブちゃんや。まずさいしょに頭でかんがえる、そのあとでみっちりはたらく。これを見なされ！家とは、こうたてるべきもんじゃよ。」

　イーヨーは、とくいそうにこういいました。

　そこで、イーヨーをそこへのこして、クリストファー・ロビンは、友だちのプーやコブタといっしょに、おひるをたべ

に家にかえりました。そして、その道みち、プーとコブタは、じぶんたちのしでかした、とんでもないまちがいを、クリストファー・ロビンに話してやったのです。

　そして、クリストファー・ロビンが、笑いおわると、三人は声をそろえて、雪ぶかい日にうたう「外あるきの歌」をうたいながらかえりました。まだ声に自信のなかったコブタは、こんどもポコポンをはさむだけでしたが……

「そりゃ、やさしそうにはきこえるよ。」と、コブタはおもいました。「でも、だれにでもできるってことじゃないんだから。」

A. A. ミルン　1882-1956
イギリスの詩人、劇作家。ロンドン生まれ。ケンブリッジ大学では数学を専攻したが、文筆家になろうという決心は変わらなかった。風刺雑誌「パンチ」の編集助手をつとめ、自らも大いに筆をふるった。1924年、幼い息子を主人公にした詩集『クリストファー・ロビンのうた』が大成功をおさめ、2年後に代表作『クマのプーさん』が誕生するきっかけとなった。

E. H. シェパード　1879-1976
ロンドン生まれ。絵の才能にめぐまれ、奨学金を得て、ロイヤル・アカデミー(王立美術院)で学ぶ。雑誌「パンチ」で活躍し、編集委員となる。ミルンの作品につけたすばらしい挿絵は、ロンドンのミルン家や田舎の別荘を何度も訪問して、念入りに描いたスケッチから生まれた。

石井桃子(いしいももこ)　1907-2008
埼玉県生まれ。編集者として「岩波少年文庫」「岩波の子どもの本」の創刊に携わる。『クマのプーさん』『ちいさいおうち』『たのしい川べ』をはじめ訳書多数。著書に『ノンちゃん雲に乗る』『幼ものがたり』『幻の朱い実』など。

装丁・ロゴデザイン　重実生哉

はじめてのプーさん
イーヨーのあたらしいうち
A. A. ミルン文　E. H. シェパード絵

2016年 9 月 28 日　第 1 刷発行

訳　者　石井桃子（いしいももこ）

発行者　岡本　厚

発行所　株式会社 岩波書店
〒101-8002 東京都千代田区一ツ橋 2-5-5
電話案内 03-5210-4000
http://www.iwanami.co.jp/

印刷・半七印刷　製本・牧製本

ISBN 978-4-00-116005-5　Printed in Japan
NDC 933　46 p.　22 cm